Regina Page,

das ehemalige Flüchtlingskind aus Elbing in Ostpreußen, hatte in jungen Jahren niemals die Möglichkeit, eine kontinuierliche Ausbildung zu absolvieren. Ihre Jahre in Heimen, Erziehungsanstalten sowie in der Obhut kirchlicher und staatlicher Institutionen hinterließen Spuren. Auch an ihrer Seele.

Heute ist die Wahrheit- und Gerechtigkeit suchende Autodidaktin, die mit 65 Jahren einen Neuanfang als Schriftstellerin machte, mit Vorträgen und Geschichten über Heimkinder im ganzen Land unterwegs. Aber auch mit Lesungen aus ihren Büchern: *Der Albtraum meiner Kindheit und Jugend,* Engelsdorfer Verlag 2006/Kindle Edition 2010, *Stille Schreie,* Engelsdorfer Verlag 2009/Kindle Edition 2010, *Heimkinder in der Nachkriegszeit,* Engelsdorfer Verlag 2012.

Für alle die, die Kraft
in ihrem Wollen suchen...

Wenn der Wasserkocher nicht mehr kocht

Kurzroman

von **Regina Page**

www.tredition.de

© 2012 Regina Page

Umschlaggestaltung, Illustration:
Regina Page
Lektorat/Korrektorat, Layout/Textdesign/
Produktion: DK Agentur/Dietlind Koch-Fecke

Verlag: tredition GmbH,
Mittelweg 177, 20148 Hamburg
Printed in Germany
ISBN: 978-3-8472-8580-9

Bibliografische Information der Deutschen Nationalbibliothek:
Die Deutsche Nationalbibliothek verzeichnet diese Publikation in der Deutschen Nationalbibliografie; detaillierte bibliografische Daten sind im Internet über http://dnb.d-nb.de abrufbar.

INHALT

Der Morgen

Der Himmel mag es wissen, warum in diesem heiklen Moment des Tages bei Marion das Klopapier nicht zu finden war.

Marion beherrschte das Gefühl, sie hätte in der Nacht überhaupt nicht geschlafen. Total erschöpft hatte sie sich am Morgen ins Badezimmer begeben. Ihre Augen nur halb geöffnet, setzte sie sich auf den Toilettendeckel und verpasste beinahe den Moment, weswegen sie Platz genommen hatte.

Im letzten Augenblick war es ihr – glücklicherweise – gelungen, den Klodeckel noch nach oben zu kippen. Jetzt sah Marion hilflos in die Richtung, wo das Regal mit den Hygieneartikeln stand.

Gleich am Ende der Badewanne hatte sie vorsorglich alle Vorräte in die Fächer des Möbels geräumt, aber eine Rolle mit dem von ihr dringend gebrauchten Klopapier war nicht zu sehen. Der Verzweiflung nahe, griff sie zu dem flauschigen Handwaschlappen, den sie vom Waschbecken aus gerade noch erreichen konnte.

Als sie den ersten Schreck darüber, sich noch halb schlafend „daneben" benommen zu haben, überwunden hatte, dachte sie an den schrecklichen Abend zuvor. Nach mehrmaligen Versuchen, die Bewerbung für die Bäckerei fertigzustellen, hatte sie die Sache aufgegeben und sich zum Schlafen in ihr Bett gelegt. Die Bewerbung machte ihr zu schaffen; es fehlte ihr an Begeisterung, in einem Bäckerladen einen Neuanfang zu starten.

Im Vorstellungsgespräch beim Chef des Ladens konnte sie sich des Eindrucks nicht erwehren, dass der Mann wohl eine tüchtige Bürokraft brauchte, doch glaubte sie aus seinen schnellen Erzählungen entnehmen zu können, diese Kraft solle möglichst viel organisieren, aber wenig an monatlichem finanziellen Aufwand für ihn bringen. Expandieren wolle er, so sprach er zu ihr, wobei, das Wort „expandieren" aus seinem Munde sie beinahe zum Schmunzeln brachte, sollte doch die Bürokraft die Kundenbetreuung, die Personaleinteilung, außerdem die monatliche Buchführung und den Telefondienst für Neukunden bearbeiten.

Während der Bäcker – er hatte ihr einen Kaffee hingestellt – von den Aufgaben, die er von einer Kraft in seinem Büro erwartete, berichtete, kaute er unentwegt an seinem Brötchen. Kaum hatte er ein Stück vom Backwerk abgebissen, gruben sich seine Zähne erneut hinein.

Zwischendurch nippte er an seiner Kaffeetasse, obwohl er keinen Kaffee mehr in seiner verschmierten extragroßen Tasse hatte. Marion trank nur aus Höflichkeit zwischendurch von ihrem Kaffee, den er ihr mit einer großen Geste von betonter Höflichkeit aus irgendeiner Ecke des Raumes gebracht hatte.

Sie versuchte, diesem Mann, der sie als Büro-fachkraft einstellen wollte, aufmerksam zu zuhö-ren. Bei seinem Appetit und ungefähr vier Bröt-chen, die er während ihrer Anwesenheit verschlang, war es schwierig für sie, seinem Wort-laut Folge zu leisten.

„Machen Sie mal alles fertig, schreiben Sie mir eine Bewerbung und dann werden wir weiterse-hen", raunte er ihr zu.

Während sie beide zur Ausgangstür gingen, sah sich Marion noch einmal das Büro an.

„Das wäre dann hier Ihr Arbeitsplatz", erklärte er ihr.

Erstaunt sah sie ihren potenziellen Chef an, be-vor er sich verabschiedete und sagte: „Sie können ja die Sachen, die da herumliegen, etwas zusam-menlegen".

Es würden Wochen an Arbeit auf sie zukom-men, selbst wenn sie eine ordentliche Disposition anwendete. Erst dann hätte sie einen halbwegs vernünftig geordneten Arbeitsraum aus diesem

Zimmer – für sie war es nicht mehr als eine Rumpelkammer – gestalten können.

Diesem Gedanken ging Marion am Abend nach, als sie die Bewerbung für den Bäckerladen schreiben wollte. Es fehlte ihr die Motivation, wenn sie an den Chef des Ladens dachte. Die plumpe Art, die der Mann ihr bei dem Gespräch entgegenbrachte, widerstrebte ihr, und wenn sie daran dachte, diesem Menschen täglich zu begegnen, lief ihr ein Schauer über den Rücken.

Damals, in den vielen Jahren der Zusammenarbeit mit ihrem ehemaligen Chef, war eine Sympathie, wenn auch mit einem gewissen Abstand, zwischen ihm und ihr entstanden.

Marion hatte ein Büro mit einem großen Panoramafenster, von dem sie fast über die ganze Stadt blicken konnte. Der Schreibtisch, ein Designerstück. Und wenn sie am Morgen in ihrem Büro erschien, war alles von einer Reinigungsfirma blitzblank gesäubert worden; natürlich war auch der Papierkorb entleert.

Die Jahre in der Gesellschaft hatte sie sich nie mit einem Handschlag um die Putzerei bemühen müssen. Die Morgenzeitung lag an dem von ihr bestimmten Platz. Und so manche schwierige Situation hatte sie mit ihrem ehemaligen Chef gemeistert.

Bei diesem Bäcker jedoch konnte sie sich nicht mal annähernd ein gutes Chef-Angestellten-Verhältnis vorstellen.

Marion wischte sich am heutigen Tag mehrmals mit der Hand durchs Gesicht, als wollte sie damit die Gedanken an ihre missratene Lage aus ihren Kopf verschwinden lassen.

Es ging ihr auch heute nicht alles gut von der Hand.

Sie hatte schon zwei Teelöffel vom löslichen Kaffee in die Tasse gegeben, den Wasserkocher mit Wasser gefüllt und wartete darauf, fürs Wachwerden endlich einen Kaffee für sich zuzubereiten. Sie wunderte sich, warum das Wasser im Wasserkocher nicht kochte. Marion rüttelte daran und schaute nach dem Stecker; sie dachte schon, sie hätte ihn aus der Steckdose gezogen.

Nach all dem Rütteln und Schütteln am Wasserkocher und an der Schnur wusste sie: Der Wasserkocher kocht nicht mehr ...

Ein kleiner Topf musste her. Sie stellte den Topf auf den Herd und nach einigen Minuten endlich konnte sie ihren Morgenkaffee genießen.

Unbehagen

Die Zeit drängte; der Bäcker hatte schon des Öfteren angerufen. Er wollte von ihr wissen, was nun los sei und wie sie sich entschieden habe. Er schien in ziemlicher Eile zu sein.

Nach dem Missgeschick bei ihrer Morgentoilette und der Feststellung, dass sie zum Start in den

Tag ihren Kaffee nicht mehr so zubereiten konnte wie gewöhnlich, war sie nicht gerade besonders guter Stimmung. Mit Unbehagen dachte sie an den Morgen zurück.

Marion wusste, dass ihre schlechte Stimmung auf ihr halb leeres Portemonnaie zurückzuführen war.

In ihrem Haushalt ging alles zur Neige, hatte sie doch zum Vorstellungsgespräch ihre letzten Reserven für die Bahnfahrt ausgegeben. Marion hatte sich in der Vergangenheit nie vorstellen können, je in so eine verquere Lage zu kommen. Als ehemalige Vorstandssekretärin war sie seit Jahren einen besseren Lebensstil gewohnt. Sie konnte sich fast alles leisten, was sie zum Leben brauchte; es wurde einfach von ihr besorgt, und auch darüber hinaus leistete sie sich einiges an Luxus.

Sie war es gewohnt, dass man ihr hinterherschaute und sie hofierte. Ihr halblanges kastanienbraunes Haar wippte bei jedem Schritt und fiel, wenn sie stehen blieb, zurück auf ihre Schultern.

Etwas keck, aber sie wusste genau, was bei ihr wirkte! Die Augen kaum geschminkt; ein Hauch von Tusche reichte aus, die braunen Augen zu unterstreichen.

Die Lippen hatte sie in einem kräftigen Rot nachgezogen, sodass man ihren roten Mund schon von Weitem sehen konnte. Etwas von Arroganz und Überheblichkeit gingen von ihr aus.

So schaute sie noch vor gar nicht langer Zeit auf die „Arbeitslosen" etwas von „oben" herab. Nicht einen Gedanken hatte sie daran verschwendet, es würde sie einmal treffen können.

Für die nächsten Tage war ihr Morgenkaffee gesichert; einige Nudelgerichte, Kartoffeln für die Pfanne und ein paar Beutel Tee hatte sie auch noch in Reserve. Um für den Kühlschrank einzukaufen, musste sie noch einige Zeit warten. Margarine, etwas Käse in Scheiben und ein Paket Salami lagen im obersten Fach. Doch neue Hygieneartikel einzukaufen, die Marion dringend benötigte, das ließ ihr Geldbeutel nicht zu.

In den Nachmittagsstunden wühlte sie in ihren Mantel- und Jackentaschen, in der Hoffnung etwas an restlichem Geld zu finden, damit sie wenigstens für zwei Rollen Klopapier einige Cent zusammenbekäme.

Einige Tage später

Marion wusste nicht, wie sie sich entscheiden sollte. Die Vorstellung, als Arbeitsuchende in einem Bäckerladen aus der Not heraus eine Tätigkeit zur Bürokraft aufzunehmen, hatte sie in einen traumaähnlichen Zustand versetzt. Die Bewerbung in der Tasche war sie auf dem Weg zum Bäcker, ihrem eventuellen neuen Chef.

Dezent hatte sie sich zurechtgemacht, die Haare mit einem Gummiband zusammengebunden, ihre

Augen mit einem leichten Lidstrich betont. Für die Lippen hatte sie keine kräftige Farbe gewählt, sondern ein schwaches Rosa aufgetragen. So ging sie mit einem Gefühl von stiller Verzweiflung aus dem Haus.

Fertiggestellt hatte sie die Bewerbung am selben Tag, als ihr die Sache mit dem Klopapier passierte. Seitdem lag die Bewerbung auf dem Tisch. Marion hatte sie, nachdem sie dieses Schreiben endlich geschafft hatte, achtlos dort liegen lassen.

An dem Tag, als sie endlich wieder Geld in ihrem Portemonnaie hatte, steckte sie die Mappe in die Tasche und rief den Bäcker an, um ihm mitzuteilen, dass sie noch heute vorbeikäme.

Marion hatte keine Uhrzeit genannt, daher konnte sie sich Zeit nehmen. Es lag etwas von Absicht bei ihr vor, den Bäcker warten zu lassen. Sie bummelte so dahin … Der Grund bestand darin, dass er sich, wenn sie ihn weiter warten ließ, vielleicht für eine andere Bürokraft entscheiden würde. Soweit sie sich erinnern konnte, waren an dem

Tag des Vorstellungsgesprächs vor ihr noch zwei andere Damen vorstellig geworden – in jener Rumpelkammer.

Jedenfalls zögerte sie den Moment einer Festzusage für den Bäckerladen hinaus. Marion empfand ihr Verhalten als gerechtfertigt. Ihr Unbehagen verschwand nicht.

Auf dem Weg zur Bahnstation ging sie in einen Kaffee-Shop; dort wollte sie sich bei einem Kaffee ablenken. Der Duft gerösteter Bohnen stieg ihr, als sie die Tür zum Shop öffnete, in die Nase. Gezielt suchte sie sich einen Fensterplatz. Marion wollte einen Platz, wo sie für sich sein konnte. Am Fenster wollte sie ihren Gedanken nachgehen.

Marion stellte Überlegungen an, wie sie ihrem neuen Arbeitgeber entgegentreten sollte, wenn es darum ginge, ihm ihre Gehaltsvorstellung vorzutragen.

Ein Gehalt, das sie früher in der Firma als Vorstandssekretärin erhalten hatte, kam bei einem kleinen Bäcker, der wohl expandieren wollte, sicher nicht in Frage. Marion hatte das erkannt, nachdem sie bei den vielen Bewerbungen, die sie anfertigen musste, mit ihren Vorstellungen und beruflichen Wünschen nicht erfolgreich war.

Jedenfalls konnte sie so nicht weiterleben; sie musste, so oder so, dicke Abstriche von ihrer Wunschvorstellung vornehmen. Die Monate, die sie zu Hause verbrachte, taten ihr nicht gut; sie fing an, zu schludern, wie sie es nannte.

Marion hatte an Gewicht zugenommen; in die Edelklamotten konnte sie nicht mehr „schlüpfen". Kein Teil wollte sie trotzdem davon hergeben. Zurzeit war sie dazu „verurteilt", die Jeans vom Trödelmarkt zu tragen. Anstatt sich zu bewegen, hielt sie sich lieber den ganzen Tag auf ihrer Couch auf.

Für den wöchentlichen Friseurbesuch, ihre Besuche im Kosmetikstudio hatte sie keine Mittel mehr. Hier und da ein Häppchen aus Frust – an ein vernünftiges kalorienbewusstes Essen für sie dachte sie am wenigsten.

Marion bejammerte sich seit sie stellungslos war allzu gerne – und lange, viel zu lange hatte sie sich in ihrer Wohnung von allem zurückgezogen.

Allein der Gedanke daran, es könnte ihr irgendjemand die Frage stellen: „Was machen Sie denn so beruflich?" würde bei Marion ihr inneres Gleichgewicht zusätzlich aus der Bahn werfen. Der Stand ihrer Situation sollte nicht nach außen dringen.

Sie wusste ganz genau, dass sie auch körperlich etwas für sich tun musste. Es gelang ihr nicht mal, einen Spaziergang am See zu machen. Die deprimierte Phase wollte nicht von ihr weichen. So, wie sie in den letzten zwei Jahren mit vielen Einschränkungen gelebt hatte, konnte es nicht weitergehen!

Das Auto hatte sie sofort nach der Anmeldung ihrer Arbeitslosigkeit verkauft. Für sie war der Wagen ein Statussymbol der etablierten Gesellschaft; sie fühlte sich mal dazugehörig. Mit dem

Verkauf ihres teuren Autos konnte sie ihre exklusive Wohnung erhalten. Damit war für Marion aber auch ein Stück ihrer Selbstsicherheit verloren gegangen.

In den ersten Wochen konnte sie bei ihren Freunden und Bekannten den Verlust ihres Autos noch verschweigen. Getarnt mit „… ist zur Inspektion" oder „… ist zu einer kleinen Reparatur" waren die Ausreden. Vom Auto sprach sie absichtlich so ganz nebenbei.

Das war für Marion der erste Riss in ihrer bisherigen Lebensform. Ein paar Freunde sah sie schon lange nicht mehr. Sie war auch einigen Einladungen nicht mehr gefolgt. Das Versteckspiel war ihr bei jedem Treffen anstrengender geworden.

Während sie über alles nachdachte, hatte sie den Kaffee mit einem Croissant zu sich genommen. Die leise Musik aus den Lautsprechern und die Menschen um sie herum motivierten sie, die Sache endlich hinter sich zu bringen.

Marion machte sich auf den Weg zur „Rumpel-kammer …!"

Der Arbeitgeber

Nachdem ihre monatliche Unterstützung auf ihrem Konto eingegangen war, rechnete sie ihre Kosten für die nächsten dreißig Tage zusammen. Es würde wieder nicht für Extraausgaben reichen, nicht mal für einen neuen Wasserkocher.

Marion war in der Bäckerei angekommen und wartete darauf, die Bewerbung endlich aus ihrer Tasche los zu werden.

Sie ging in den Laden, um sich mit dem Bäcker zu treffen. Die Verkäuferin begrüßte sie herzlich. Sicher weiß die schon über mich Bescheid, war ihr Gedanke.

Marion hielt sich zurück, machte keinerlei An-zeichen, sich als eventuelle Kollegin vorzustellen. Sie fühlte sich nicht wohl, ihr Blick ging immer wieder zur Ausgangstür, und sie würde sich am liebsten durch diese Tür nach draußen begeben. Sie musste jetzt durchhalten, es war ihr völlig be-wusst: Weglaufen wäre der falsche Weg!

Als der Bäcker endlich in den Verkaufsraum kam, winkte er ihr mit der Hand zu und sagte: „Kommen Sie!"

Marion folgte ihm in das kleine Büro, und bevor sie in das Zimmer gingen, kramte sie schon die Papiere aus ihrer Tasche und legte die Bewerbung beim Eintreten in die „Rumpelkammer" wortlos auf den Tisch. Sie sagte nicht viel, wartete auf die Reaktion des Bäckers, als er flüchtig ihre Papiere durchsah.

Sie wartete auch auf das Gehaltsangebot und mochte eigentlich nicht von ihm gefragt werden, was sie verdienen wollte. Der Bäcker kam ihr zu-vor; ohne sie nach ihren Vorstellungen gefragt zu haben, sprach er von einem monatlichen Gehalt, das fünfzig Prozent unter dem lag, was sie als Mitarbeiterin einer großen Gesellschaft bekommen hatte.

Nicht zufrieden zwar, aber ein strukturierter Arbeitstag würde auch ihrem Leben wieder etwas mehr an Qualität bringen. Marion unterschrieb den Arbeitsvertrag, den er ihr vorlegte.

Sie nahm die Verpflichtung an, das Büro von Grund auf zu sanieren. Sie sah ihren neuen Chef eindringlich an, als er von dem „Büro" sprach.

Er sagte: „Ja, bringen Sie das in Ordnung, nur können Sie mit meiner Hilfe nicht rechnen; ich habe in der Backstube genügend zu tun. Fangen Sie einige Tage früher an, dann haben Sie genügend Zeit dafür." – Er hatte es eilig und verabschiedete sich mit den Worten: „Na, dann, auf gute Zusammenarbeit! Mich werden Sie hier kaum zu sehen bekommen; ich habe mich bei dem Papierkram schon genug gequält."

Auch wenn für Marion das alles nicht so in Ordnung war, wie sie es gern gehabt hätte, wollte sie ihren Arbeitsbeginn als einen Schritt in ihrem neuen Arbeitsfeld annehmen.

Lebensgeister

Marion schaute an diesem entscheidenden Morgen aus ihrem Schlafzimmerfenster. Damit sie ihren ersten Arbeitstag nicht verschlafen würde, hatte sie ihren Wecker und ihr Mobiltelefon auf Weckdienst gestellt. Eine ungewöhnliche Zeit für sie, aufzustehen!

Beim Blick aus dem Fenster dachte sie an die Arbeit, die ihr bevorstand. Der Himmel war grau in grau und eine dichte Wolkendecke lag über der Stadt. Es schien, als würde es zu regnen anfangen.

Marion warf ihre Bettdecke zur Seite, setzte sich auf die Bettkante. Sie schob ihre trüben Gedanken beiseite und machte sich auf, ihren Morgenkaffee vorzubereiten. Als würden sich ihre alten Lebensgeister aus vergangenen Zeiten bei ihr melden, bewegte sie sich mit überraschendem Elan in die Küche.

Marion bekam große Lust, das Radio anzustellen. Monate hatte sie aus ihrem Frust heraus keine Musik mehr in ihrer Wohnung hören können. Sie vernahm die ersten Geräusche im Haus, ein gedämpftes Schlagen der Türen in der Nachbarschaft.

Ein Duft von Kaffee weckte ihre Lebensgeister. Bevor sie ins Bad ging, öffnete sie das Küchenfenster weit, machte einige leichte Übungen, hob die Arme und übte die Streckübungen, die ihr bekannt waren. Sie atmete dabei die Morgenluft ein – so, wie sie es vor Jahren an jeden Morgen getan hatte. Beschwingt und beseligt hörte sie die Musik im Radio.

Marion hatte das Gefühl, in ihre alte Ordnung zurückzufallen. Da sie wusste, dass die Bedingungen für ihren ersten Arbeitstag keine einfache Angelegenheit für sie werden würden, hatte sie ihre Idealvorstellung von einem perfekten Arbeitsplatz zurückgestellt. Ihre Existenzängste waren stärker, als das unangenehme Gefühl, die „Rumpelkammer" in ein halbwegs funktionierendes Büro umzugestalten.

Die Garderobe für den heutigen Tag hielt sie für angemessen; die gebrauchte Jeans mit einem älteren Pullover legte sie sich bereit, bevor sie ins Badezimmer ging.

Die Haare streng nach hinten gekämmt und mit einem Gummiband zusammengehalten – so, wie sie es am Tag der Einstellung getragen hatte. Mit ein wenig Make-up verdeckte sie die kleinen Falten in ihrem Gesicht. Sie hatten sich in den Monaten voller Sorgen eingeprägt, konnten jedoch ihrer Schönheit nichts anhaben – ja, verliehen ihr den Ausdruck von einem gewissen Charme.

Marion klopfte mit ihren Händen die Tages-
creme auf ihr Gesicht und hoffte, damit für ihr
gutes Aussehen gesorgt zu haben.

Das Büro

Im Bäckerladen bekam sie von ihrer neuen Kollegin den Schlüssel für das Büro. Marion wurde
von ihr freundlich begrüßt. „Einen schönen guten
Morgen und alles Gute für Ihren ersten Arbeitstag", sagte sie.

Marion war noch nicht im Laden und hatte die
Türklinke noch in der Hand, als sie so von der
Verkäuferin begrüßt wurde.

Gleich darauf sagte sie: „Auf gute Zusammenarbeit!" – und reichte ihr die Hand über die Ver-
kaufstheke.

Die Frau hatte es anscheinend eilig, sie mit netten Worten zu empfangen. Waren das nicht auch die Worte ihres Chefs, als sie den Vertrag unterschrieb?

Die Kollegin verkaufte die Frühstücksbrötchen emsig weiter. Sie war damit sehr beschäftigt.

Marion hörte von ihr in der kurzen Zeit der Schlüsselübergabe zigmal: „Guten Morgen, wie viele dürfen es denn sein?"; sie meinte die Brötchen.

Marion hatte bei der Emsigkeit der Begrüßung nicht mal ihren Namen verstanden. – Es roch angenehm nach frischem Brot und Backwaren. Der Geruch in der Nase machte ihr großen Appetit auf frische Brötchen.

Marion suchte den Lichtschalter im Flur. Sie tastete sich mit der flachen Hand an der Wand entlang. Vorsichtig versuchte sie es an der anderen Seite; die Dunkelheit im Flur machte es schwierig, den Schalter zu finden. Ein Lichtstrahl aus dem Ladengeschäft verschaffte ihr etwas Orientierung.

Vom Laden hörte sie ihre Kollegin sagen: „Guten Morgen, wie viele dürfen es denn sein?" Die Stimme war kräftig und nicht zu überhören.

Als sie endlich das Licht einschalten konnte, schaute Marion nach oben in eine Glühbirne, die nur provisorisch in eine Fassung eingedreht war. Und dann endlich hatte sie ihr eigentliches Ziel erreicht.

Marion suchte einen Platz für ihren Mantel. Gleich an der rechten Seite neben der Tür fand sie einen Haken für ihren Mantel. Am Haken war nur Platz für ein Teil; die Tasche stellte sie auf den Fußboden unter ihrem Mantel.

Marion sah sich in dem kleinen vollgestopften Raum um. Eigentlich hatte sie gewusst, was auf sie zukam, nur übertraf diese Unordnung bei Weitem das, was sie erwartet hatte. Hier war eine absolute Stille; lediglich ihr schwerer Atem und ihre Seufzer waren zu hören.

Den Schreibtisch, von Staub und Papierfetzen bedeckt, räumte sie auf. Sie machte ihn frei von allem, was da herumlag, schmiss Überflüssiges in den Papierkorb, unter anderem auch die Krümel der Brötchen, die ihr Chef hinterlassen hatte. Die verschmutzten Kaffeetassen packte sie in einen leeren Karton. Den fand sie in dem Regal, wo die alten Aktenordner standen.

Marion hatte vorsorglich Putztücher mitgebracht.

Als sie schon nach kurzer Zeit den Schreibtisch in Ordnung gebracht hatte, war zumindest ihr Arbeitsplatz, soweit es ging, aufgeräumt und für ihre Arbeiten vorbereitet. So konnte sie sich an einige Papiere, die sich in der Ablage befanden, heranwagen.

Die ersten Vorbestellungen für die nächsten Tage nahm sie am Telefon entgegen. Bis jetzt wussten die Kunden bei ihren Ordern, was sie wollten. Marion hatte noch keine Übersicht über die Produkte, die im Geschäft hergestellt wurden. Verschiedene Sorten an Brötchen und die üblichen Brotsorten hatte sie im Verkaufsraum sehen können.

Die Bestellungen notierte sie in einem Schreibblock, den sie in der obersten Schublade fand. Zwischendurch nahm sie sich die Regale vor, die vollgepackt mit alten Akten waren.

Sie griff nach einem der mitgebrachten Putztücher und fing an, den Staub wegzuwischen. Mithilfe des alten Bürostuhls arbeitete sie sich von Regal zu Regal. Marion schmiss dazu ihre Schuhe unter den Schreibtisch und stieg mit nackten Füßen auf den Stuhl – eher etwas unsicher, aber mit Bravour.

Der Stuhl wackelte enorm, die Rollen aber noch funktionstüchtig, schaffte sie es, sich mit dem „Chefsessel" an den Einlegeböden festzuhalten und mit dem Stuhl von einem Regal zum nächsten zu kommen – in einem Raum, der klein und beinahe zu eng für solch eine Putzaktion war.

Wie gut, dass sie allein war; sie konnte keinen gebrauchen, der ihr bei dieser Arbeit zuschauen würde. Es sah auch etwas zum Schmunzeln aus, wie sie oben auf dem Stuhl hin und her fuhr. Die

Putzerei war nicht „ihr Ding"; das wollte sie ja auch nicht jeden Tag tun.

Die letzte Ecke hatte sie geschafft; da wurde ihr durch den Staub, der zwangsläufig in der Luft war, etwas mulmig; ihr war schlecht. Der Kreislauf machte in dem Moment schlapp.

Langsam stieg sie wieder vom Bürostuhl herunter. Sie hatte ganz vergessen, sich ihre Flasche Wasser aus der Tasche zu nehmen. Der Schluck direkt aus der Flasche half, ihre Tätigkeiten fortzusetzen.

Das Fenster, circa ein Meter fünfzig hoch, war nicht zu öffnen. Nur eine Klappe am oberen Fenster konnte durch einen Hebel an der rechten Seite geöffnet werden.

Sie musste schon ihren Hals strecken, damit sie in der Lage war, wenigstens die Wetterverhältnisse zu erkunden.

Marion bekam jetzt etwas Frischluft. Sie hatte jedoch den Eindruck, dass das Fenster, oder mehr die Klappe, kaum geöffnet war. Damit die schlechte Luft im Raum sich etwas verbesserte, ließ sie die Tür zum Flur weit offen stehen.

Die Arbeiten an den Regalen wollte sie für heute beenden.

Als Erstes hatte sie schon mal etwas Ordnung und frische Luft in ihrem neuen Arbeitsbereich geschaffen. Dafür hatte sie den ganzen Vormittag gebraucht. Die Staubtücher waren nicht mehr zu gebrauchen; sie packte die verschmutzten Tücher, so wie sie waren, in eine Plastiktüte.

Ihren eigentlichen Dienst hatte sie noch nicht beginnen können. So war es zwischen ihrem Chef und ihr abgemacht: „Erst alles in Ordnung bringen" – hatte er zu ihr gesagt.

Marion ging in den Verkaufsraum; sie wollte sich informieren, schaute sich um, sah nach der Ware. Die Notizen für die Vorbestellungen legte sie zu dem anderen Stapel von Bestellungen.

Die Kollegin schmierte gerade einige Brötchen, nickte ihr zu und gab ihr damit zu verstehen, dass sie gesehen hatte, wohin Marion die Notizen der

Bestellungen gelegt hatte. Die Frau schichtete sorgsam Salatblätter und verschiedene Sorten Belag auf die Brötchen. „Jetzt kommen die aus den Firmen vorbei. Die wollen fertige Brötchen", sagte sie zu Marion. „Soll ich Ihnen auch eins zubereiten?"

„Ja, sehr gern, ich nehme es mit ins Büro", erwiderte sie, während sie auf ihr Brötchen wartete; sie wollte eines mit Käse belegt. Ihr Magen machte sich bemerkbar, sie hatte zu Hause nur einen Kaffee getrunken und war, ohne daran zu denken, etwas Essbares in ihre Tasche zu stecken, so aus dem Haus gegangen.

Die Kollegin machte genau das, was Marion nicht wollte, hatte sie ihr doch ausdrücklich gesagt, sie mochte nur ein Käsebrötchen. Aber sie legte ihr noch eine Scheibe Schinken mit darauf. Marion fand das nicht in Ordnung; sie wollte keinen Schinken auf ihrem Brötchen.

Sicher beabsichtigte die Kollegin, ihr entgegenzukommen, um ihr etwas Gutes zu tun, aber genau das wollte Marion nicht. So hatte sie es immer beibehalten und gelernt. Wenn man es so bestellt, möchte man nicht, über den Kopf hinweg, fremdbestimmt werden. So sah sie das – auch bei einem einfachen Brötchen.

Sie legte das Geld für die Ware auf die Theke. Verdutzt schaute die Kollegin sie an. Marion nahm sich eine Papierserviette, legte ihr Brötchen darauf und ging mit einem Pappbecher Kaffee zurück ins Büro.

Aufmerksam hatte sie den Verkaufsraum besichtigt, ohne dass es der Frau aufgefallen war. Mehr als eine kleine Preisliste in der Nähe der Eingangstür hatte sie nicht entdeckt.

Nach ihrer kleinen Pause saß sie da und stellte Überlegungen an, was sie in diesem Raum noch verbessern könnte. Nach ihrem Ermessen musste so einiges an alten Akten vernichtet werden. Dafür beabsichtigte sie, ein Gespräch mit ihrem Chef vorzubereiten.

Als erstes wollte sie versuchen, den Computer in Gang zu bekommen. Eine Liste wollte sie bald erstellen, was sie für ihre weitere Arbeit noch alles benötigte. Die Notizen wollte sie bei Fertigstellung ihrem Chef übergeben. Zurzeit fehlten noch viele Dinge, wobei ihr aber der Überblick fehlte.

In der Nachmittagszeit suchte sie die Teile vom Computer zusammen. Irgendwo unterm Schreibtisch lag auch das Kabel für den PC. Unter den Tisch gekrochen, forschte sie nach einer Steckdose.

Sie rutschte auf allen Vieren mit dem Kabel in der einen Hand unter dem Tisch herum, um einen Stromanschluss zu finden. Ihre Mühe, eine Steckdose im unteren Bereich zu entdecken, war vergebens.

Außer dass sie sich ein ramponiertes Knie zugezogen hatte, war diese Aktion von keinem Erfolg gekrönt. Und wie Marion danach feststellen musste, befand sich eine Steckdose genau gegenüber vom Schreibtisch. Den Dreifachstecker hatte sie im Regal beim Aufräumen gesehen; irgendjemand musste das alles mal abgeschaltet haben.

„Ich muss augenblicklich etwas unternehmen", sagte sie laut vor sich hin. „Damit ich wenigstens für die nächsten Tage etwas vorbereiten kann. – Für heute mache ich Feierabend, es reicht!"

In dem Moment, als sie so vor sich hin sprach, kam die Kollegin zur Tür herein. „Kann ich Ihnen helfen?", fragte sie höflich.

„Nein, nein, ich komme schon zurecht."

„Ich mache jetzt auch Feierabend. Ich werde immer um diese Zeit abgelöst."

„Na, dann bis morgen früh", erwiderte Marion.

Beide gingen durch den fast dunklen Flur; Marion drehte am Schalter das Licht aus. Die neue Kollegin wurde von ihr im Verkaufsraum noch kurz begrüßt und auch gleich wieder verabschiedet. „Tschüss, bis Morgen", sagten beide beim Verlassen des Geschäftes wie aus einem Mund.

Restaurantbesuch

Marion hatte sich nach mehr als zwei Jahren am Wochenende in ihrem Lieblingsrestaurant angemeldet.

Nachdem sie dort angerufen hatte, hielt sie den Telefonhörer noch einen Augenblick in der Hand.

Man hat mich mit meinem Namen angesprochen, dachte sie – und erst nach einer Weile legte sie den Hörer wieder auf die Ladestation. Ich habe mich nicht einmal mit meinem Namen dort gemeldet, und doch hat mich der, der meine Reservierung angenommen hat, an meiner Stimme erkannt …

Kurz entschlossen sammelte sie alles zusammen, was sie an Pflegeprodukten besaß. Von den vielen Nagellacken, die sie lange nicht mehr benutzt hatte, suchte sie sich die passende Farbe nach ihrer Stimmung aus. Marion ging beschwingt und mit einem guten Gefühl für den nächsten Tag ins Badezimmer.

Ein Pflegebad bei Kerzenschein, so zauberte sie sich ihre Wohlfühl-Stunde am Abend herbei. Bei leiser Musik ließ sie sich treiben.

Marion hatte vor vielen Jahren das Bad renovieren lassen. Etwas vergrößert, war aus dem damals kleinen Raum eine Oase der Gemütlichkeit geworden. Die Badewanne hatte sie mitten in den Raum stellen lassen. Die Regale – eine Extra-Anfertigung für ihre Badeartikel.

In ihrer Arbeitslosigkeit legte sie keinen Wert darauf, sich im Bad lange aufzuhalten; sie benutzte es nur dem Zweck entsprechend. Marion schlüpfte in ihren flauschigen Bademantel, wie sie es immer tat, wenn sie sich wohlfühlte, und freute sich auf den morgigen Tag.

Ihre kastanienbraunen Haare wippten mit, wenn sie in gewohnter Manier und mit dem typischen Gang durch die Straßen ging – und sie fielen wieder zurück auf die Schultern, was bei ihr besonders gut wirkte. Marion war auf dem Weg in „ihr" Restaurant.

Sie trug ein knallrotes Kostüm mit einem Rock, der ihrer Meinung nach und ihrem Alter entsprechend gerade noch erlaubt war. Etwas eng an ihrem Körper – die Bluse, gemustert mit bunten kleinen Blumen. Die Lippen hatte sie mit dem Rot einer Erdbeere nachgezogen.

Sie war sich ihrer Wirkung voll bewusst. Dementsprechend wurde ihr, als sie das Restaurant betrat, die Tür geöffnet, und man führte sie an den reservierten Tisch. Es war der Tisch, an dem sie immer ihren Platz bekam. Schon vor Jahren hatte sie darauf bestanden, nicht in der Mitte des Raumes sitzen zu wollen.

Marion hatte den Hass auf die äußere Welt ablegen können, seit sie wieder einer ordentlichen Beschäftigung nachging. Vom Zustand ichres Büros wusste niemand etwas. Sie hatte die „Rumpelkammer" in einen schönen Raum umgestaltet.

Als „Rumpelkammer" würde sie ihr Büro nicht mal mehr in Gedanken bezeichnen. Ein Regal hatte sie entfernen lassen. Nachdem sie die alten Akten von vor zehn Jahren im Reißwolf vernichtet hatte, war mehr an Platz gewonnen. Der Raum erschien freundlich und sah auch viel größer aus. Sie hatte alles mit einer frischen Farbe gestrichen. Lange brauchte sie dafür. Das Fenster ließ sie putzen; es war mit Taubendreck und anderem Schmutz total verdreckt.

Eine Pflanze, die nicht so viel Licht benötigte, hatte sie inzwischen mitgebracht. Als der Chef sie zwei Wochen nach ihrem ersten Arbeitstag im Büro aufsuchte, erlebte sie ihn zum ersten Mal mit einem freundlichen Gesichtsausdruck. „Das haben Sie ja schön hergerichtet", sagte er zu ihr. „Dann passt ja auch der alte Schreibtischstuhl nicht mehr hierher."

Es war für sie eine große Überraschung: Am nächsten Morgen stand ein neuer heller Stuhl vor dem Schreibtisch.

„Bitte schön, was darf ich Ihnen bringen?"
Marion wurde vom Oberkellner aus ihrem Gedankenfluss gerissen.

„Ach ja", sagte sie und bestellte ein Glas Sancerre. „Aber bitte nur null Komma zwei Liter." – Keine ganze Flasche, daran musste der Kellner erinnert werden; hauptsächlich war es üblich, den Wein in Flaschen am Tisch zu servieren. „Dann möchte ich eine Crème de Cresson und danach Lotte à la américaine. Vielleicht einen kleinen grünen Salat dazu".

„Vielen Dank", sprach der Kellner und brachte ihr sofort eine kleine Vorspeise.

Eigentlich wollte sie ein Stück Fleisch mit einer guten Sauce und allem, was dazu gehört, aber ihr fiel der enge Rock ein, in dem sie schon das Gefühl hatte, wie in einer Wurstpelle zu stecken.

Wie gut es ist, mal wieder hier zu sein, dachte sie, und sie sah auf ihre Hände, spielte mit ihren Fingern, während sie auf das Essen wartete. Und doch, wenn sie ehrlich zu sich sein wollte, spürte sie in einem Moment der Unsicherheit, als sie in die Runde schaute, dass dies alles nicht mehr ihre Welt war.

Sie suchte mit den Augen nach irgendjemandem, den sie vielleicht kannte. Es waren nur Fremde im Raum. Außergewöhnlich gut gekleidete Damen und Herren saßen dort.

Es schien ihr plötzlich der Halt zu fehlen.

Der Kellner stellte ihr die Crème de Cresson in einem großen Teller bereit. Marion wartete, bis sie sich an die feine Suppe mit einem Hauch von Sahne wagte. Sie fror. Sie hatte das Gefühl, ihr Magen drehte sich. Es war der Hunger, den sie spürte.

Einen Happen zwang sie sich mit dem Löffel hinein. Die kleine Vorspeise aus Pilzen hatte sie nicht angerührt. Die Suppe aus Brunnenkresse schmeckte ihr vorzüglich. Nachdem sie ihre Vorspeise verzehrt hatte, ging es ihr schon etwas besser. Zum Fisch wurden ihr noch Salzkartoffeln gebracht, die sie mit Genuss verzehrte.

Eine lange Zeit hatte sie nicht mehr so gut gegessen; selbst den Kopfsalat aß sie bis zur Neige auf.

Marion fühlte sich etwas einsam am Tisch, bestellte ihre Rechnung und wollte schnell wieder nach Hause. Sie schaute auf das Papier, legte das Geld auf das kleine Tablett, als hätte sie nie etwas anderes getan.

Sie lächelte dem Kellner mit einem gewissen Charme zu. Sie dachte daran, dass sie sich dies alles bei ihrem jetzigen Gehalt nicht mehr so oft leisten könne.

Der Kellner bemerkte nichts von ihren Bedenken.

Vorsichtig stand Marion von ihrem Stuhl auf, zog mit beiden Händen den Rock zurecht, der ihr beim Essen immer höher gerutscht war.

Ein ehemaliger Kollege

Marion war auf dem Weg zur Ausgangstür. Sie musste unweigerlich an der Theke des Restaurants vorbei. Eigentlich war sie glücklich gewesen, als sie gestern einen Platz reserviert hatte, anderseits fühlte sie sich jetzt niedergeschlagen. Nicht weil sie die Rechnung für so ein kleines Mahl als zu hoch empfand, sondern das Ganze gefiel ihr nicht mehr so, wie sie es aus der Erinnerung heraus kannte.

Irgendwie konnte sie sich augenblicklich, ihre Stimmungslage nicht erklären. Sie war froh, wieder nach Hause gehen zu können.

An der Seite der Theke standen einige Barhocker; schnurstracks ging sie daran vorbei, als sie jemand ansprach. Sie sah sich um, denn der Mann, der sie mit „Hallo Marion" ansprach, war ein ehemaliger Kollege. Sie hätte winken, auch kurz „Hallo" rufen können, aber er war immer ein guter und netter Kollege gewesen. So wollte sie ihn nicht stehen lassen …

„Lange ist es her", sagte er, als sie vor ihm stand. Er nahm sie kurz in den Arm. Er wusste von ihrer Zurückhaltung und er war ein rücksichtsvoller Mann. „Darf ich dich zu einem Getränk einladen?", fragte er mit einer höflichen Geste, indem er ihr einen Barhocker zurechtrückte.

Marion war sich nicht schlüssig, ob sie sich überhaupt an die Bar setzen wollte. „Gut", erwiderte sie. „Einen doppelten Espresso."

Der Barkeeper, etwas lockerer als der Oberkellner, wartete nicht lange, bis die Bestellung aufgegeben wurde, sondern war schon an der Kaffeemaschine.

„Was machst du so und in welcher Firma bist du jetzt?"

Das war die Frage, die Marion befürchtet hatte.

Irgendetwas musste sie ja antworten, wenigstens aus Höflichkeit dem netten Kollegen gegenüber.

„Ich bin in einer Firma, in der eine Expansion bevorsteht, zurzeit bin ich im Büro allein, aber so wird es nicht bleiben."

„Hauptsache, es geht dir gut", bemerkte er, als er mit seinen Augen einem Pärchen folgte, das gerade zur Tür hereinkam.

Damit hatte sie seine Frage generös beantwortet. Als sie bemerkte, dass sein Blick in eine bestimmte Richtung seine Aufmerksamkeit lenkte, sah sie auch dorthin.

Obwohl noch keine richtige Unterhaltung zwischen ihnen entstanden war, entstand jetzt eine besondere Stille.

Marions Augen starrten gebannt auf das Paar, das vom Oberkellner an den Tisch geführt wurde. Sie stellte die Tasse mit dem Espresso zurück auf die Theke, bevor sie ihr aus der Hand fallen würde, und drehte sich zu ihrem Kollegen; sie wollte nicht gesehen werden.

Es ärgerte sie in dem Moment, dass sie so einen engen Rock angezogen hatte. Denn es wurde auf dem Hocker ziemlich unbequem, weil sie am Rock immer wieder herumzuppeln musste.

Nach Minuten des Schweigens, sah sie ihren ehemaligen Kollegen an und zuckte mit den Schultern. Warum er so plötzlich verstummte, fragte sie ihn.

„Das ist doch dein ehemaliger Chef", sagte er. „Hast du ihn denn nicht erkannt?"

„Jaja, schon, aber warum bist du so erschrocken?", fragte sie nach. Marion drehte sich wieder um, sah direkt zu dem Tisch, wo das Paar Platz genommen hatte. – Die Zeit, als ihr ehemaliger Chef mit ihr in dieses Restaurant gegangen war, war längst vorbei.

„Kennst du diese junge Frau?", fragte sie.

„Ja, das ist doch seine neue Sekretärin; die hat er sofort eingestellt, nachdem du die Firma verlassen hast".

„Wieso verlassen? Ich bin von ihm gekündigt worden, weil die Abteilung aufgelöst wurde", antwortete sie.

Marion war etwas ärgerlich und schaute ihn fragend an.

Er griff ihre Hand. „Nein, die Abteilung existiert noch, ist sogar mit einem zusätzlichen Ressort besetzt worden. Er stellte die junge Frau ein, die damals gerade ihre Diplomarbeit abgeschlossen hatte."

Er hielt weiter ihre Hand, und er spürte, wie sie plötzlich eiskalt wurde. Das Blut schoss Marion in den Kopf. Sie war es gewohnt, „Contenance" zu wahren; sie verlor aber, als sie davon hörte, beinahe ihre Fassung. Damit hatte sie nicht gerechnet. Auf diese Weise zu erfahren, dass er seine Abteilung weiterführte, war für sie schon ein Schock.

Sie verstand, er hatte sie hereingelegt, indem er ihr beim Abschied sagte, dass er noch nicht wüsste, wie es bei ihm weiterginge. Damals hatte sie mit ihm gelitten, weil seine Zukunft nicht gesichert schien.

An sich hatte sie an ihrem letzten Arbeitstag vor mehr als zwei Jahren nicht so sehr gedacht; sie

hatte sich mehr um die Zukunft ihres Chefs gesorgt.

Für ihn hatte sie Bilanzen gefälscht, ihn ge-
schützt, als er krumme Sachen in seinem Ge-
schäftsbereich machte.

Sie spürte nur noch ihr stark klopfendes Herz,
das Zittern ihres eigenen Körpers, begriff sie doch
in diesem Augenblick, wie ihr damaliger Chef an
ihrer Zukunft manipuliert hatte.

Ohne Marion zu fragen, bestellte er zwei Gläser
Champagner. Sie hatte seinen Namen vergessen
und war froh über seine Geste, ihr ein Glas des
edlen Getränks bestellt zu haben. So konnte sie so
beiläufig beim Zuprosten seinen Namen erfragen.
„Norbert?"

Sie hatte richtig geraten. Sie fühlte sich in seiner
Gegenwart beinahe geborgen. Aus einem Blick-
winkel heraus – sie hatte die Augen in Richtung
des Tisches ihres ehemaligen Chefs gerichtet – tra-
fen sich ihre Blicke. Unweigerlich kam sie nicht
umhin, Augenkontakt mit ihm zu suchen.

Marion konnte von ihrem Barhocker sehen, dass er sie erkannt hatte. Er musste bemerkt haben, sie hatte es in diesem Moment erfahren, hielt aber, während er mit seiner Sekretärin die Unterhaltung fortführte, ihren bitterbösen Blicken stand.

Was sollte sie noch verlieren, was sie nicht schon verloren hätte? Sie hatte sich als Vorstandssekretärin sicher gefühlt, so ihren Lebensstil beibehalten zu können, den sie aber, nachdem ihr ehrenwerter Chef, ihr die Entlassung ausgesprochen hatte, nicht mehr führen konnte.

Die zwei Jahre als Arbeitsuchende lebte sie in einer hoffnungslosen Zukunft, an der sie beinahe zerbrochen war.

Norbert bestellte, ohne bei Marion nachzufragen, ob sie noch etwas Champagner möchte, für jeden ein zweites Glas. Er versuchte, sie aufzumuntern, sprach von den neuesten Ereignissen aus der Firma.

Sie hörte ihn reden, aber es ging an ihr vorbei, es war nicht mehr ihre Welt, von der Norbert berichtete. Sie war eine Dulderin und in den letzten drei Monaten bescheidener geworden.

Marion hatte ihren neuen Platz in der Bäckerei gefunden. Sie hatte sich eingerichtet, das Equipment in ihrem kleinen Büro erweitert. Stolz war sie auf ihre selbst entworfene Garderobe, die sie durch einen Streifen bunter Tapete mit zwei neuen Garderobenhaken hinter der Bürotür angebracht hatte.

Einen Beschützerinstinkt hatte sie für ihren neuen Chef entwickelt, die Buchführung und den Kontakt mit dem Steuerbüro aufgenommen, ihm alles an Verpflichtungen bei den täglichen Kassenberichten und den Bearbeitungen der Bestellungen, aber auch die dazugehörigen Schreiben von Rechnungen einfach aus der Hand genommen.

Das Erste, was sie tat, war, detaillierte Bestelllisten anzufertigen. Und Marion war erst am Anfang, eine noch bessere Struktur in den Laden hineinzubringen.

Ihr Chef konnte sich ganz auf sie verlassen, sich nur um seine Backstube kümmern und sein Angebot erweitern. Er konnte somit seine täglichen Einnahmen steigern.

Marion war mit dem geringen Gehalt zufrieden. Von ihrem ersten Geld hatte sie sich einen Wasserkocher angeschafft; die Hygiene-Artikel kaufte sie „im Großen" ein, unter anderem auch eine beträchtliche Packung Klopapier – damit sie nie wieder in die Situation kommen konnte, wie sie ihr an jenem gewissen Morgen ausgesetzt war.

Die Normalität nahm ihren Lauf. Es tat ihr gut – diese Veränderung, hatte sie doch die vergangene Zeit in der Vorstandsetage als ihre Normalität angesehen …

Während sie noch auf ihren Barhockern hockten – Marion weiter in Gedanken versunken – hatte das Paar seine Speisen verzerrt, und so schnell wie die beiden ins Restaurant kamen, verschwanden sie auch wieder.

Marions ehemaliger Chef musste an ihr vorbei. Ohne sie auch nur eines Blickes zu würdigen, ging er zur Ausgangstür.

Norbert war für Marion eine Beruhigung; er redete und redete über dies und jenes. Sie hatte das Gefühl, er gab sich große Mühe und wollte sie von dem, was sie gerade erfahren musste, ablenken.

Resümee

*E*s war ein Risiko, damals ihrem Chef zu vertrauen; dies war die Feststellung und das Ergebnis des Sonntagnachmittags.

Marion war auf dem Weg nach Hause. Sie hatte sich, als sie mit Norbert das Restaurant verließ, entschieden, heim zu laufen. Sie wollte Abstand gewinnen von dem, was sie gehört hatte. Es gab nur eine Erklärung für sie: Sie wusste zu viel von ihm.

Er war für sie der, von dem sie alles erwartet hätte, doch dass er sie so hinterging, war für Marion im Nachhinein eine Beleidigung. Sie konnte sich daran erinnern, dass er so zwei Mal im Jahr zuweilen ganz plötzlich für Tage verschwunden war. Er hatte etwas Geheimnisvolles an sich. Das alles passierte ganz sporadisch. Danach war er wie immer im täglichen Geschäftsablauf. Über seine „verschwundene" Zeit gab es keine Notizen, Protokolle, nicht mal eine Kostenabrechnung.

In ihrer vollkommenen Bereitschaft, damals für ihn zu jeder Zeit da zu sein, fühlte sie sich sicher in ihrer Position. Oft hatte sie bis in die späten Abendstunden noch eilige Arbeiten erledigt. Ein Privatleben hatte sie, als sie für ihn arbeitete, kaum. Ihre wenige Freizeit spielte sich bei ihr lediglich zwischen Friseur und Kosmetiksalon ab.

Es hatte ihr schon gefallen, gebraucht zu werden. Während sie darüber nachdachte, kam sie zu dem Entschluss, ihre Überlegungen brachten ihr eigentlich nichts. Nur war sie von sich enttäuscht, und sie fragte sich, warum sie nicht von selbst darauf gekommen war. Sie hatte mitbekommen, wie er Menschen manipulierte. In einem Vertrauensverhältnis standen sie sich täglich gegenüber; so hatte sie es eingeschätzt.

Norbert war ihr an diesem Sonntagnachmittag eine Unterstützung. Er hatte sie in ihrem Arbeitsbereich kennengelernt und fand ihre Art, sich zu kleiden und wie sie ihren Stil pflegte, besonders angenehm.

Sie liefen sich in dem großen Gebäude oft über den Weg. Marion bewahrte bei jedem einen gewissen Abstand. Norbert war einer der wenigen, mit dem sie schon mal einige Worte auf dem Flur gewechselte.

Sie beteiligte sich niemals an dem üblichen Tratsch. Sie galt daher mehr als Außenseiterin. Dafür hatte sie einiges an Hohn, oft auch Spott über sich ergehen lassen müssen. Es wurde über sie gemunkelt, sie würde dem Zwang zur Arbeit unterliegen.

Diese Art von Betriebsgrüppchen, wo nur über die Chefs gequatscht wurde, empfand Marion als eine Vergeudung von Zeit. Ihre Aufgabe als Sekretärin nahm sie täglich als eine neue Herausforderung an. Sie war ihrem Chef gegenüber stets absolut integer gewesen.

In ihrem jetzigen kleinen Büro in der Bäckerei, konnte sie ihre Erfahrungswerte einsetzen. Nachdem sie das Zimmerchen in einen hellen freundlichen Raum verwandelt hatte, trat − nach zwei Jahren der Schluderei − ihr professionelles Pflichtgefühl wieder zutage.

Welche Kleidung sie auch trug, hier kam es nicht darauf an, wie sie angezogen war. Mit ihrer einfachen Kleidung fühlte sich Marion wohl; ihre Persönlichkeit schien darunter nicht zu leiden. Die Friseurbesuche wurden weniger; in dem Kosmetiksalon hatte sie sich schon lange nicht mehr angemeldet. Zu ihrem eigenen Erstaunen hatte sie ihren Anspruch auf ein luxuriöses Leben heruntergeschraubt.

Niemals hätte sie sich vorstellen können, mit so wenig Einkommen zufrieden zu sein. Aufgrund der vorgekommenen Ereignisse, die bei ihr Existenzängste ausgelöst hatten, war sie gerade noch mal aus dem tiefen Loch, in das sie beinahe noch tiefer gefallen wäre, entwischt.

An diesem Sonntag endlich zu Hause angekommen, zog sie sofort ihr Kostüm aus und fragte sich, ob sie diese Klamotte überhaupt noch einmal anziehen sollte. Die Schuhe mit den hohen Absätzen ließ sie gleich im Flur. Den engen Rock schmiss sie in die Ecke vom Wohnzimmer; sie fing laut an zu schimpfen: „Warum zum Teufel musste ich heute in dieses Restaurant gehen? So ein Quatsch! Wie kann man annehmen, das vergangene Leben so zurückzuholen?", schimpfte sie weiter vor sich hin.

Sie lief im Wohnzimmer hin und her, legte ihren Schmuck auf die Kommode, stellte das Radio ein und sah sich im Fenster des Wohnzimmers, während sie sich auszog und völlig nackt und frei umherlief.

Sie schaute noch einmal genauer. „Nicht schlecht", sprach sie wieder laut vor sich hin, schüttelte den Kopf über ihre neue Eigenart, mit sich selbst zu reden.

Marion hatte sich wieder gefunden, wollte kein Opfer sein und empfand sich nicht mehr als eine Verliererin. Sie nahm ihren flauschigen Bademantel und kuschelte sich auf ihr Sofa, hörte Musik und beendete, mit sich zufrieden, den heutigen Tag.

Leseprobe

Das rote Sofa

Steigerung der Lust

Wie die stolze Gastgeberin mit viel Eigenlob verkündete, war das gemeinsame Mahl noch nicht zu Ende. Eigentlich hatte sich Marianne vorgenommen, keine Süßigkeiten danach zu servieren; doch es half nichts: Sie musste ihrer Gewohnheit freien Lauf lassen. In einer großen Kristallschüssel präsentierte sie ihren Gästen eine Schokoladencreme.

„Nicht zu glauben", reagierte Paul genervt, als seine Ehefrau mit der riesigen Schüssel aus der Küche kam.

Auch Veronika und Walter wunderten sich.

Paul ließ sich von der Gastgeberin noch etwas von dem köstlichen Wein nachschenken, wobei er ihr sein Glas ein bisschen zu ungeniert entgegenhielt.

Veronika blickte ihren Ehemann erstaunt an, übte er sich bei Einladungen doch eher in Zurückhaltung. – Sie selbst lehnte ab: „Ich kann nichts mehr essen und auch keinen Wein mehr trinken." Sie griff nach ihrer kleinen Umhängetasche, um nach ihrem Lippenstift zu kramen.

Walter sah ihr dabei zu, während er an seinem Glas nippte. Was für einen schönen Mund sie hat, dachte er und blinzelte seiner Frau zu.

„Na, schmeckt es?", platzte Marianne in ihrer robusten Art in die Vierer-Runde. Nach all den Jahren hatte man sich daran gewöhnt, dass Marianne das Wort führte.

„Ja, ja, das hast du wieder gut gemacht", meinte Paul, in Gedanken bei seinem Gegenüber Veronika.

Ein kleiner Augenblick reichte aus, Veronikas Verlangen nach einem erotischen Abenteuer mit Paul zu entfachen. Genau in dem Moment, als Marianne die Schokoladencreme auf den Tisch stellte, kamen sie sich unterm Esszimmertisch näher.

Zunächst fürchtete sich Veronika panisch davor, einen Schritt zu weit zu gehen. Doch Paul blieb beharrlich mit seinem Fuß an ihrem. Was zum Teufel soll das werden ..., dachte Veronika, während Paul weiter, wenn auch mit Vorsicht, seinen großen Zeh an ihrem Fuß rieb. Sie schaute in die Runde.

Marianne und Walter waren ins Gespräch vertieft, unmöglich also, dass sie Pauls Anbandelungsversuche bemerkten. Unterm Tisch arbeitete er sich langsam an ihrem Bein empor, bis er an ihrem Oberschenkel angelangt war. Irritiert starrte Veronika auf ihren Teller.

Mitten auf dem Tisch stand die Silberplatte mit dem abgenagten Hühnergerippe, garniert mit einem Rest Weinsauce und Gemüse, die Schüssel mit der Schokoladencreme dagegen beinahe unberührt.

Veronika blickte vorsichtig umher. Sie sah ihren Ehemann, der an seinem Glas nippte und Marianne, die einen intensiven Monolog führte. Walters unablässiges Streicheln ihrer Beine hatte ihre Lust geweckt, besonders jetzt, da sich seine Berührungen mit kleinen zuckenden Bewegungen an ihrem Oberschenkel verstärkten.

Unvermittelt erhob sich Paul und sagte zu Marianne, seiner Frau: „Ich möchte Veronika mal den Vorratsraum zeigen."

Sie schien von seinem Vorschlag kaum Kenntnis zu nehmen. Angeregt unterhielt sie sich weiter mit Walter, und keiner der beiden ahnte, was sich da entwickelte.

Paul nahm Veronika an die Hand und führte sie durch den Flur zur Kellertreppe. Er schien es eilig zu haben. Sie spürte sein Verlangen nach ihr, und dieses Gefühl übertrug sich auf sie; es war eine

Empfindung, die sich schon lange nicht mehr bei ihr gemeldet hatte … Ihr Wunsch mit Paul alleine zu sein, verstärkte sich zunehmend.

Auf der Treppe nach unten fummelte er an seinen Hosenknöpfen. Veronika zog ihren Rock nach oben, um an die Strumpfhose zu gelangen. Der Lippenstift verwischte. Im Moment der Erwartung empfand sie dies als lästiges Übel.

Mit heftigem Ruck schubste er sie ans Regal. Mit einer Hand machte er sich an ihrer Strumpfhose zu schaffen, mit der anderen riss er ihr das rote Spitzenhöschen von den Beinen. Jetzt ließ auch er seine Hose herunter, während sie machtvoll ihre Beine um seinen Körper klammerte.

Sie suchte Halt am Regal. Mit ihren Händen umklammerte sie eine Stange, die dem Gestell als Stütze diente. Lustvoll stemmte sie sich Pauls Körper entgegen.

Beide waren so in Wallung geraten, dass sie selbst das Klappern der Einmachgläser nicht mehr wahrnahmen. In ihrer Lust blendeten sie vollständig aus, wo sie sich befanden, ja, vielmehr erschien ihnen das Klappern der Gläser wie eine Melodie.

Endlich erfüllte ihr Paul den so lange herbeigesehnten heimlichen Wunsch. Genau so hatte sie es sich schon immer vorgestellt: es einmal im Stehen zu machen. Veronika klammerte sich mit ihren Beinen fest an Paul, auch er im Zustand höchster Erregung, dessen Höhepunkt er mit allen Mitteln noch ein bisschen hinauszögern wollte.

Je ungestümer die Lust wuchs, desto mehr begann das Regal an Gleichgewicht zu verlieren. Paul hatte gerade seinem glückseligsten Gefühl freien Lauf gelassen, als geschah, was nicht vorgesehen war: Das hohe Regal war nicht länger zu halten und stürzte mit voller Wucht auf die beiden.

Mehr in Kürze …

Bücher

von

Regina Page

Der Alptraum meiner Kindheit und Jugend

Engelsdorfer Verlag 2006 / Kindle Edition 2010

Das Buch gibt einen Einblick in die Politik um die Mitte des vergangenen Jahrhunderts. Dass so manches Kind in Institutionen kirchlicher und öffentlicher Träger traumatischen Erlebnissen ausgesetzt wurde, war lange Zeit nicht bekannt.

Stille Schreie

Engelsdorfer Verlag 2009 / Kindle Edition 2012

Die Not von Kindern und Jugendlichen in kirchlichen und staatlichen Heimstätten durch

Vergewaltigungen, unbezahlte Arbeit von ehemaligen Heimkindern und vieles mehr soll nicht vergessen werden. Regina Page, Betroffene und Zeitzeugin tut dies in Geschichten von Heimkindern nach deren Erinnerungen.

Heimkinder in der Nachkriegszeit – die verlorene Jugend (Theaterspiel)

Engelsdorfer Verlag 2012

Bewegendes zu Heimkinder-Geschichten in der Zeit nach dem Zweiten Weltkrieg wird hier in kritisch-pointierter Darstellung auf die Bühne gebracht.

Vorträge: *So haben wir es erlebt* ...

Mit ihren Vorträgen zur Heimkinder-Problematik ist Regina Page seit 2006 in Pädagogischen Hochschulen eine gern gesehene Referentin. Sie sagt: „Prävention ist wichtig, damit kann ich einen kleinen Teil dazu beitragen, dass den Kindern eine bessere Zukunft bereitet wird. Zukünftige Pädagogen haben hier eine große Verantwortung.

Zufrieden mit sich selbst zu sein und sich selbst zu lieben sind wichtige Erziehungsziele. Nur dann kann man auch andere Menschen lieben – und das Schönste und Wichtigste, was wir haben: Unsere Kinder. Sie sind die Zukunft.“

Zeitfracht Medien GmbH
Ferdinand-Jühlke-Straße 7
99095 Erfurt, Deutschland
produktsicherheit@kolibri360.de